# Magda's Tortillas
## Las tortillas de Magda

By / Por Becky Chavarría-Cháirez
Illustrations By / Ilustraciones Por Anne Vega

Spanish translation by / Traducción al español
Julia Mercedes Castilla

Piñata Books
Arte Público Press
Houston, Texas

Publication of *Magda's Tortillas* is made possible through support from the Lila Wallace-Readers Digest Foundation, the National Endowment for the Arts, and the Cultural Arts Council of Houston/Harris County. We are grateful for their support.

Esta edición de *Las tortillas de Magda* ha sido subvencionada por la Fundación Lila Wallace-Readers Digest, el Fondo Nacional para las Artes y el Concilio de Artes Culturales de Houston/Condado de Harris. Les agradecemos su apoyo.

*Piñata Books are full of surprises!*

Piñata Books
An imprint of Arte Público Press
University of Houston
452 Cullen Performance Hall
Houston, Texas 77204-2004

Cover design by/Diseño de portada por Vega Design Group

Chavarría-Cháirez, Becky.
Magda's tortillas / by Becky Chavarría-Cháirez; illustrations by Anne Vega; Spanish translation by Julia Mercedes Castilla = Las tortillas de Magda / por Becky Chavarría-Cháirez; ilustraciones por Anne Vega; traducción al español por Julia Mercedes Castilla.
p. cm.
Summary: While learning to make tortillas on her seventh birthday, Magda tries to make perfectly round ones like those made by her grandmother but instead creates a variety of wonderful shapes.
ISBN 1-55885-286-7 (hardcover) / ISBN 1-55885-287-5 (pbk. : alk. paper)
[1. Shape—Fiction. 2. Grandmothers—Fiction. 3. Tortillas—Fiction. 4. Cookery, Mexican—Fiction. 5. Birthdays—Fiction. 6. Spanish language materials—Bilingual.] I. Title: Tortillas de Magda. II. Vega, Anne, ill. III. Castilla, Julia Mercedes. IV. Title.
PZ73.C483 2000
[E]—dc21 99-046433

∞ The paper used in this publication meets the requirements of the American National Standard for Permanence of Paper for Printed Library Materials Z39.48-1984.


Printed in Hong Kong

6 7 8 9 0 1 2 3 4 5 11 10 9 8 7 6 5 4

In memory of *mis abuelas,*
Josefa Martínez Malacara and Eustolia Chapa Chavarría.
And to all who know how to make the perfect tortilla:
May they share their skill *con cariño* with those who want to learn how.
*—BCC*

To my daughter, Gabriela
(my inspiration for Magda),
and to her *abuelas,*
Sally Porterfield and Margarita Ontiveros Vega.
*—AV*

Como recuerdo de mis abuelas,
Josefa Martínez Malacara y Eustolia Chapa Chavarría.
Y de todos los que saben cómo hacer una tortilla perfecta.
Que compartan su habilidad, *with love,* con aquellos que quieren aprender.
*—BCC*

Para mi hija, Gabriela
(mi inspiración para Magda),
y para sus *grandmas,*
Sally Porterfield y Margarita Ontiveros Vega.
*—AV*

"*¡Mira, Abuela!* Look!"

Magda Madrigal had just washed her little hands, and now she presented them for inspection. It was time to get to work in her *abuela*'s kitchen. Magda fidgeted with excitement. Today she was seven years old, and Abuela Madrigal had promised her that on her birthday she would be old enough for her first tortilla-making lesson.

Magda tried to imitate Abuela's every move. She had even pinned her hair in a bun, just like her grandmother did. Magda flapped her apron and then tried to reach behind her back and tie it on without looking, too, but she couldn't. Magda did not want to admit that she needed a little help, but finally she tugged silently at Abuela's little finger.

—¡Mira, Abuela! *Look!*

Magda Madrigal se acababa de lavar las manitas, y ahora las presentaba para su inspección. Era hora de trabajar en la cocina de su abuela. Entusiasmada, Magda no se podía estar quieta. Hoy cumplía siete años y Abuela Madrigal le había prometido que el día de su cumpleaños tendría la edad suficiente para su primera clase de cómo hacer tortillas.

Magda trataba de imitar cada movimiento de Abuela. Se había recogido el cabello en un moño como el de su abuela. Magda se puso el delantal y también trató de amarrárselo sin mirar, pero no pudo. No quería admitir todavía que necesitaba un poquito de ayuda, y finalmente Magda jaló silenciosamente el dedo meñique de Abuela.

At the kitchen table, Abuela took a ball of *harina* from the large mixing bowl and dropped it onto the cutting board. She poked it with her little finger to see how soft it was.

Magda poked it, too. "*¡Qué fácil!*" she said to herself. It was softer than the clay she played with at school.

Magda had watched Abuela make tortillas many, many times—ever since she was a little girl. So she felt sure that her first batch of tortillas would be as perfect and round as Abuela's always were.

Abuela looked at her granddaughter with a little smile. "*¿Lista, Magda?*" she asked. "Are you ready?"

Abuela cogió una bola de masa de un recipiente de mezclar que estaba en la mesa de la cocina y la dejó caer sobre la tabla de cortar. La tocó con el dedo meñique para ver qué tan blandita estaba.

Magda también la tocó. —*How easy!* —dijo para sí. Era más suave que la arcilla con la que jugaba en la escuela.

Magda había observado a Abuela hacer tortillas muchas, muchas veces desde que era pequeñita. Estaba segura que su primera tanda de tortillas sería tan perfecta y éstas tan redondas como las de Abuela.

Abuela miró a su nieta con una sonrisita. —¿Lista, Magda? —preguntó.

"*Sí,* Abuela, I'm ready!" Magda said with an eager nod.

Abuela put the first *bolita* of dough at the center of the cutting board. Magda made two tight fists and smooshed the ball flat. The dough felt soft and warm. Magda patted down the *masa,* grunting with effort. At last she stood back to see how her first tortilla looked.

"*Ay, mira,*" sighed Abuela with admiration.

But Magda hung her head down. "Yucko, Abuela," she said. "That's not a tortilla."

"*No es* yucko, *mi hijita.* Look at what you've made!" Abuela said proudly. "*¡Un corazoncito!* A little heart!"

—Sí, Abuela, estoy lista, *I'm ready* —dijo Magda con una impaciente inclinación de cabeza.

Abuela puso la primera bolita de masa en el centro de la tabla de cortar. Magda hizo dos puños con las manos y aplastó la bola. La masa se sentía suave y tibia. Magda la golpeó, gruñendo por el esfuerzo. Cuando terminó, se hizo hacia atrás para mirar cómo había quedado su primera tortilla.

—¡Ay, mira! —exclamó Abuela con admiración.

Pero Magda bajó la cabeza. —*¡Yucko!* Abuela. Ésta no es una tortilla.

—No es *yucko,* mi hijita. ¡Mira lo que has creado! —dijo Abuela con orgullo. —¡Un corazoncito!

"Whaaaat?" Magda said, blinking. Her head rose slowly, and she looked at her *abuela* with wide eyes. It *was* a little heart!

"But—it's not *supposed* to be a heart," she cried. "I wanted a *round* one, like *you* make!"

"Well then, try again. *Ándale.*" Abuela sounded just like Magda's *mamá* when she gave orders at home.

Magda took a deep breath. This time she decided to use the rolling pin. Then she remembered that her *abuela* always dusted the pin. Magda reached for the fine white flour.

"*Un poquito, un poquito,*" Abuela suggested. "Just dust it on, like bath powder."

—¿Queeeé? —dijo Magda, pestañeando. Levantó despacio la cabeza y miró a su abuela con los ojos muy abiertos. ¡Era un corazoncito!

—Pero, no se supone que sea un corazón —se quejó. —Yo quería una tortilla perfectamente redonda, como las que haces tú.

—Bueno, entonces, trata otra vez. Ándale —. Abuela sonaba igual que la mamá de Magda cuando daba órdenes en casa.

Magda respiró profundo. Esta vez decidió usar el palote de amasar. Entonces se acordó que la abuela siempre rociaba el palote. Magda tomó la harina fina y blanca.

—Un poquito, un poquito —sugirió Abuela. —Sólo espolvoréalo como si fuera talco.

Magda closed her eyes tight. She pressed *down* on the ball of dough. Up and down, side to side, up and down, side to side, Magda struggled with the rolling pin. She was determined to make the tortilla nice and flat and *round.*

At last she put the rolling pin down. How did her second tortilla look? Magda slowly peeked out of one eye, then the other. She crossed her arms and pressed her lips into a ball. They looked like a tiny ball of pink dough.

"Abuela, I give up!" Magda blurted. She stomped out of the kitchen in a puff of flour.

"But why? *¿Por qué, mi hijita?*" Abuela called to Magda's back. "Come look at this star you've made. It's the Christmas star, *la estrella de Belén.*"

Magda was already halfway down the hall, but she stopped.

Magda cerró los ojos y los apretó. Hizo presión sobre la bola de masa. De arriba hacia abajo, de un lado para el otro. Magda luchaba con el palote. Estaba decidida a que la tortilla le quedara bonita, plana y redonda.

Por fin puso el palote a un lado. ¿Cómo había quedado su segunda tortilla? Magda atisbó con un ojo y luego con el otro. Se cruzó de brazos e hizo una bola con los labios. Parecían un pequeño montón de masa rosada.

—¡Abuela, me doy por vencida! *I give up!* —exclamó Magda. Salió de la cocina dando zapatazos en un resoplido de harina.

—¿Pero por qué, mi hijita? —Abuela llamó a Magda. —Mira la estrella que has hecho. Es la estrella de Navidad, la estrella de Belén —le dijo.

Magda iba ya por la mitad del pasillo, pero se detuvo.

“Whaaaat?” she whispered to herself. Back she scurried to see what Abuela was talking about.

Maybe Abuela saw something Magda hadn't. The tortilla *did* have five points, just like a star. Suddenly Magda realized this was no time to give up. Tortilla-making wasn't as easy as she thought it would be, but it certainly was full of surprises.

Magda took the rolling pin again and kept rolling out the little balls of dough. After six, seven, eight balls, she had just as many different shapes. Magda longed for a perfectly round tortilla, but not one was just like her Abuela's. Magda made a heart, a Christmas star, and a banana. She even made a *hexagon*—at least that's what her older brother Eduardo called it, and he knew *everything* about geometry. She made a cloud, a football, and a flower. Abuela told Magda that one, with its squiggly edges, reminded her of *los lagos,* the lakes near her hometown in Mexico.

—¿Queeé? —murmuró para sí. Regresó corriendo para escuchar de qué hablaba Abuela. Tal vez Abuela vio algo que Magda no había visto. La tortilla sí tenía cinco puntas, como una estrella. De pronto Magda se dio cuenta de que no era el momento de desistir. Hacer tortillas no era tan fácil como ella creía, pero ciertamente estaba lleno de sorpresas.

Magda agarró el palote otra vez y continuó amasando las bolitas. Después de seis, siete, ocho bolas, tenía la misma cantidad de figuras diferentes. Magda ansiaba una tortilla perfectamente redonda, pero ni una era como las de Abuela. Magda hizo un corazón, una estrella de Navidad y un plátano. Hizo hasta un *hexágono.* Así lo llamó Eduardo, el hermano mayor de Magda, quien decía saber todo sobre geometría. Hizo una nube, un balón de fútbol americano y una flor. Abuela le dijo a Magda que la de los bordes retorcidos le recordaba los lagos que estaban cerca de su pueblo en México.

Alongside Magda, Abuela rolled out even more tortillas—enough for Magda's *merienda,* the afternoon snack time that would be given today in honor of the birthday girl.

Abuela's rolling pin seemed to dance and jump, up and down, back and forth, with a *bump-bump-a-thump, tun-tun pah-tump.* Abuela didn't even watch what she was doing. And yet each tortilla she made came out the same: perfectly round!

They were as round as clocks, as round as car tires, as round as pizzas, Magda thought as she watched her *abuela* work. Each tortilla looked as if she had used a cookie-cutter to shape it. How Magda wished she had something to make *her* tortillas round, too.

Junto a Magda, Abuela amasaba aún más tortillas, suficientes para la merienda de la tarde, que se daba en honor del cumpleaños de Magda.

El palote de Abuela parecía bailar y saltar de arriba hacia abajo, para adelante y para atrás, con un *tun-tun-patún tun-ta-ca-tún.* Abuela ni siquiera miraba lo que estaba haciendo. Y sin embargo, cada tortilla que hacía le salía igual: ¡perfectamente redonda!

Eran tan redondas como relojes, como las llantas de un automóvil, como las pizzas, pensó Magda mientras observaba trabajar a su abuela. Era como si Abuela las hubiera cortado con un molde. Cómo hubiera querido Magda tener algo para que sus tortillas también quedaran redondas.

"*Es todo.* That's it," sighed Abuela at last. She rolled out her last perfectly round tortilla and headed for *el comal,* the hot griddle on the stove. Soon all the tortillas, Magda's and Abuela's both, were freckled on each side with brown blisters, hot off the *comal.*

Abuela asked Magda to call in the entire family to get ready for *la merienda.* Meanwhile, she stacked her own round tortillas high on a plate. Then she put Magda's tortillas on her best party platter, and she placed it in the middle of the dinner table.

But Magda wasn't eager to serve her tortillas. "Everyone will laugh at the funny shapes," she thought to herself. She hid behind her *abuela,* covering her ears and pressing her face into the big bow on Abuela's apron. Even so, she heard a wild outburst.

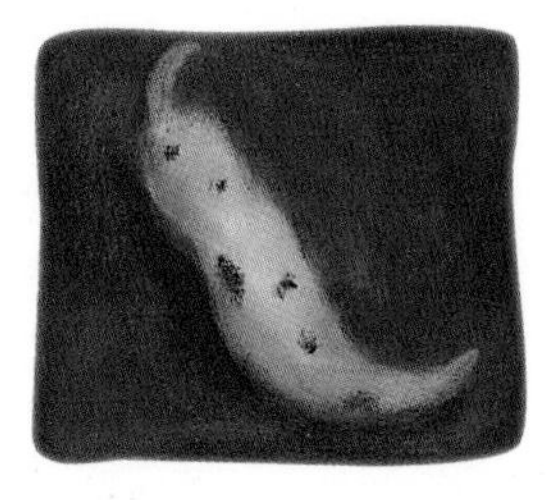

—Es todo, *that's it* —dijo al fin Abuela, suspirando. Amasó la última tortilla, perfectamente redonda, y se dirigió hacia el comal que estaba sobre la estufa. Pronto todas las tortillas, las de Magda y las de Abuela, se llenaron de burbujas castañas por los dos lados, calientes, recién salidas del comal.

Abuela le pidió a Magda que llamara a toda la familia para la merienda. Luego puso las tortillas de Magda en uno de sus mejores platones, y lo colocó en el centro de la mesa del comedor.

Pero Magda no estaba ansiosa por servir sus tortillas.

—Se burlarán de sus extrañas formas —se dijo. Se escondió detrás de Abuela, tapándose los oídos y metiendo la cara entre el lazo de su delantal. Aún así, escuchó las exclamaciones.

Magda's big brother Eduardo, her little brother Gabriel, and her cousins Carina, Marisol, Lucy, and Martín were all shouting. Abuela jumped at the noise, and Magda pressed her hands even more tightly over her ears.

"Me first! I'm the oldest," she heard Eduardo say.

"No, me, me, me!" squeaked Gabriel, "I'm the *littlest*." He hung on to the edge of the table, standing on his tiptoes.

"Well, I'm the *hungriest,*" said Carina.

Magda couldn't see what the fuss was about. She swallowed hard and slowly peeked around Abuela's elbow. *Pero los niños* had not even noticed Abuela's plate. They were fighting over *Magda's* tortillas!

Eduardo, el hermano mayor de Magda, su hermanito Gabriel y sus primos Carina, Marisol, Lucy y Martín, todos estaban gritando. Abuela saltó con el ruido, y Magda apretó aún más las manos sobre las orejas.

—¡Yo primero! *Me first!* Soy el mayor —oyó que decía Eduardo.

—¡No, yo, yo, yo! *Meeeee!* —chilló Gabriel. —¡Soy el más pequeño! —dijo el niño poniéndose de puntillas y agarrándose del borde de la mesa.

—Bueno, yo soy la que tengo más hambre —dijo Carina.

Magda no entendía por qué tanto alboroto. Se llenó de valor y atisbó detrás de Abuela. Pero los niños no le habían puesto atención al plato de Abuela. ¡Estaban peleándose por las tortillas de *Magda!*

"Well, *mi hijita,*" said Mami. "I know you have the best teacher, but you also have a special talent. My Magda is a tortilla artist."

"*Sí, es cierto,*" Abuela agreed cheerfully.

"*Mira,* our Magda is very talented," said Tío Manuel.

Magda had to see for herself. She stepped out from behind her *abuela,* dusted off her little hands, and took a long look at the platter with all its different shapes. A smile came to her face, and Magda beamed at her own accomplishment.

"A tortilla *artist,*" she whispered to herself.

"*Sí, muy talentosa,*" boasted her Papi.

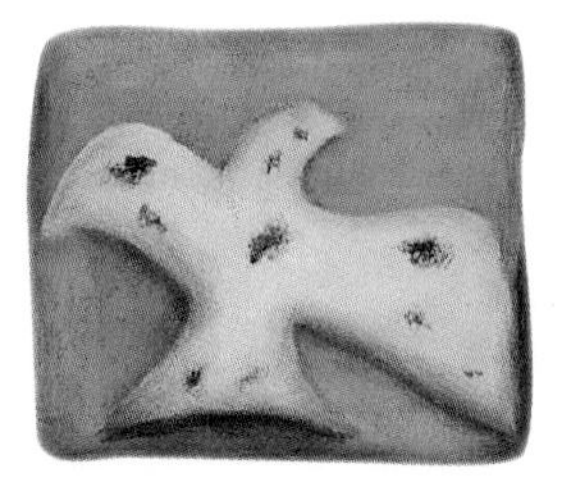

—Bien, mi hijita —dijo la mamá de Magda. —Sé que tienes la mejor maestra, pero también tienes un talento especial. Mi Magda es una artista en tortillas.

—Sí, es cierto —Abuela estuvo felizmente de acuerdo.

—Mira, nuestra Magda es muy talentosa —dijo Tío Manuel.

Magda tenía que ver por sí misma. Se salió de detrás de Abuela, se sacudió las manitas y se quedó mirando el platón en la que estaban las diferentes figuras. Una sonrisa apareció en su rostro, y Magda se alegró de su logro.

—Una artista en tortillas —Magda murmuró para sí.

—Sí, muy talentosa —se ufanó el papá de Magda.

Tío Manuel grabbed his camera and quickly snapped a picture. Soon the tortillas would be buttered and gobbled up, but he would save this proud moment, and Magda's one-of-a-kind tortillas, for the family photo album. A second later, the children swarmed around Abuela, who was still blinking from the flash of the camera.

Tío Manuel agarró la cámara de fotografía y rápidamente tomó un retrato. Pronto las tortillas se untarían de mantequilla y serían engullidas, pero él guardaría este momento único y las tortillas originales de Magda para el álbum de la familia. En un segundo los niños se amontonaron alrededor de Abuela, quien trataba de recuperarse del destello de la cámara fotográfica.

"Teach *me,* teach *me,*" they all shouted.

"*Ay, no, lindos,*" Abuela replied sweetly, putting her hands out to shush the children.

"*¿Por qué?* Why not, Abuela?" little Gabriel said. The room became quiet as the children waited for her answer. Abuela put her hands on Magda's shoulders before she spoke.

"*Miren, chiquitos,* I know how to mix the *harina,* and someday I'll show each one of you," said Abuela. "*Pero* Magda is the artist. Only she can show you her secret."

What an honor to hear such a compliment from her *abuela,* who made such perfectly round tortillas! Magda felt very special and very grown up.

—¡Enséñame, enséñame! *Teach me!* —gritaron todos.

—¡Ay! no, lindos —respondió Abuela dulcemente, callando a los niños con un gesto de las manos.

—¿Por qué? ¡Ay! ¿Por qué no, Abuela? *Why not?* —dijo el pequeño Gabriel. El cuarto se quedó otra vez en silencio en espera de una respuesta. Abuela puso las manos sobre los hombros de Magda antes de hablar.

—Miren, chiquitos, algún día les enseño a cada uno cómo hacer tortillas —dijo Abuela. —Pero Magda es la artista. Sólo ella les puede enseñar su secreto.

Qué honor para Magda oír tal elogio de su abuela, quien hacía tortillas tan perfectamente redondas. Magda se sintió muy especial y más grande.

"Thank you, Abuela," Magda said. Then she pulled at Abuela's apron to get her to bend down. "*Tengo un secreto,*" she whispered. "I have a secret."

"*Dime, hijita,* you can tell me," Abuela coaxed.

Magda put her arms around Abuela's neck. "I don't care how many tortillas I make, or how many shapes I create," she said. "Your tortillas will always be my favorites. *Mis tortillas favoritas.* I will never make them just the way you do."

A little tear rolled into the deep lines of Abuela's smiling cheek. Then Magda gave her grandmother *un abrazo*—an *abuela*-sized hug.

—Gracias, Abuela —dijo Magda. Luego jaló el delantal de Abuela para que ésta se agachara. —Tengo un secreto —susurró.

—Dime, hijita —Abuela la instó.

Magda puso los brazos alrededor del cuello de Abuela. —No importa cuántas tortillas haga ni cuántas figuras invente, las tuyas siempre serán mis favoritas. Nunca las haré de la misma manera que tú.

Una lagrimita rodó por entre las arrugas de la mejilla sonriente de Abuela. Luego Magda le dio un abrazo, un abrazo tamaño abuela.

A moment later, Magda had another idea. She snuggled up a little closer to ask. "Abuela? When can you show me how to mix the dough?"

Abuela chuckled. "*Mira,*" she said. "How about if we do that next year, on your eighth birthday, *mi linda?*"

Magda's face lit up. She could hardly wait!

"But first," Abuela added, "you need to make more tortillas for your *merienda.* They're nearly all gone already. *¡Ándale, Magda!*"

"*Sí, Abuela,*" Magda said. "But . . . what shapes should I make?"

Abuela burst out laughing. "Oh, *mi linda,* anything you like. It's all in your hands now."

Después Magda tuvo otra idea. Se arrimó más y preguntó: —¿Abuela? ¿Cuándo me vas a enseñar cómo preparar la masa?

Abuela se rió. —Mira, ¿qué tal si lo hacemos dentro de un año, para tu octavo cumpleaños, mi linda?

La cara de Magda se iluminó. ¡No podía esperar!

—Pero primero, —añadió Abuela —necesitas hacer más tortillas para tu merienda. Ya casi se acaban. ¡Ándale, Magda!

—¡Sí, Abuela! —dijo Magda. —¿Pero . . . qué figuras hago?

Abuela soltó una carcajada. —¡Ay! mi linda, las que quieras. Ahora todo está en tus manos.

Photo courtesy of María Olivas

**Becky Chavarría-Cháirez** is owner of Chameleon Creek Press, a literary arts communications company based in Albuquerque. The San Antonio, Texas native is an award-winning writer/commentator and freelance journalist who has written extensively on Hispanic customs, including *piñata* making and breaking. Her first children's picture book, *Magda's Tortillas*, whet the appetite of many a young reader—not to mention a few adults—who have rolled up their sleeves to explore the tortilla-making tradition *a la Magda.* Becky, her husband and two daughters live in New Mexico.

Becky Chavarría-Cháirez es dueña de Chameleon Creek Press, una compañía de comunicación y arte literario en Albuquerque. Becky es originaria de San Antonio, Texas, y ha sido ganadora de premios como escritora/comentarista y periodista independiente. Ha escrito extensamente sobre las costumbres hispanas, incluyendo el hacer y quebrar piñatas. Su primer libro para niños *Las tortillas de Magda* despertó el apetito de todo lector pequeño—y esto sin mencionar algunos adultos—que se han arremangado las mangas para explorar la tradición de hacer tortillas *a la Magda.* Becky, su esposo y sus dos hijas viven en New México.

**Anne Vega** lives with her husband Robert and two children in Nashville, Tennessee, where she works as an artist and illustrator. She studied at the Columbus College of Art and Design, in Ohio, and at the Academy of Art in San Francisco. Her illustrations have graced numerous book covers. *Magda's Piñata Magic* is the second book of the Magda Madrigal series which Anne has illustrated.

Anne Vega vive con su esposo Robert y sus dos niños en Nashville, Tennessee. Ella trabaja como artista plástica e ilustradora. Estudió en el Columbus College of Art and Design, en Ohio, y en la Academy of Art, en San Francisco. Ha ilustrado varias portadas de libros. *Magda y la piñata mágica* es el segundo libro de la serie de Magda Madrigal que Anne ha ilustrado.